AF451620

MARIA,

OU

L'ENFANT DE L'INFORTUNE,

PAR V. D'A......

Vita misero longa, felici brevis.

TOME TROISIÈME.

Nouvelle Édition.

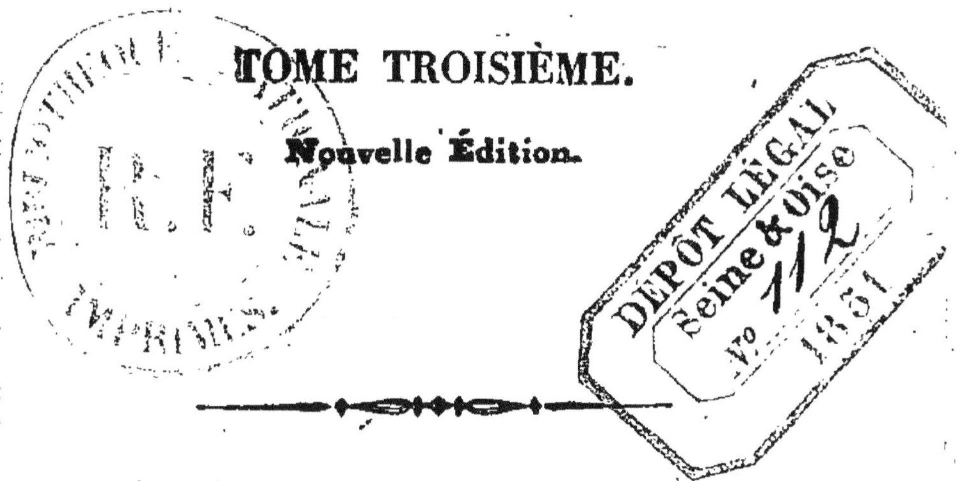

PARIS,

Librairie populaire des villes et des campagnes,
Rue du Paon-St-André-des-Arts, 8.

1851

Poissy. — Typographie Arbieu.

MARIA

OU

L'ENFANT DE L'INFORTUNE.

CHAPITRE XIX.

Comment se faisait-il que cette intéressante créature, d'un caractère froid et naturellement dédaigneux (c'était un reproche que je lui faisais quelquefois), prît autant de soin d'un inconnu qui paraissait n'avoir pour lui que son malheur? Par quel motif veillait-elle avec tant d'exactitude à ce qu'on lui procurât les secours qu'exigeait sa situation, et ne s'en rapportait-elle souvent qu'à elle-même de l'exécution de ses ordres? Je savais, à n'en pas douter, qu'elle avait le cœur bon et compatissant, mais je connaissais en même temps sa répugnance naturelle pour les gens de l'espèce du pèlerin; je lui avais même représenté plusieurs fois avec douceur que dans quelque état que le sort nous ait placés, il ne faut jamais montrer de dédain pour ceux qui n'ont d'autre tort que de nous être inférieurs. Cette conduite singulière était une énigme dont je cherchais en vain le mot.

Je résolus de la sonder à l'égard du pèlerin ; et l'ayant prise à part, je lui observai avec franchise que sa conduite me paraissait en contradiction avec les principes qu'elle avait suivis jusqu'alors. « Vous avez raison, cher papa, me répondit-elle, ma conduite a droit de vous paraître étrange ; je dis plus, inconséquente, et je ne prétends pas la justifier ; mais je ne sais quel mouvement secret me porte à rendre service à ce pauvre homme, qui d'ailleurs me semble mériter qu'on prenne de lui une certaine opinion. Il paraît qu'il a beaucoup souffert. Si j'en juge par quelques paroles qui lui sont échappées, il est bien malheureux, et n'a point mérité de l'être. Je puis me tromper, mais je le crois fort au-dessus de l'état où il est réduit : c'est une victime de l'infortune. Il mérite, à ce titre, qu'on s'intéresse à son sort. Je n'ajouterai plus qu'un mot, non pour m'excuser, je n'en ai pas besoin, mais pour vous prouver que je sais profiter de vos leçons. Quand l'humanité ne m'aurait pas dicté la conduite que j'ai tenue à l'égard du pélerin, je me devais à moi-même de lui prodiguer mes soins et mes attentions; c'était le seul moyen qui fût en mon pouvoir d'acquitter la dette que j'avais contractée; j'étais, comme le pélerin, pauvre, errante, délaissée, vous m'avez ouvert votre sein, vous avez accueilli ma misère : je ne fais que suivre en cela l'exemple que vous m'avez donné. »

Maria finissait à peine de parler que le pélerin se présenta à la porte de la salle où nous étions, en demandant la permission de me témoigner combien il était reconnaissant de l'accueil généreux qu'il avait reçu dans ma maison. Il était revêtu de l'accoutrement neuf et complet que, de mon aveu, Maria lui avait procuré. Dès qu'elle l'aperçut, elle courut au-devant de lui, le prit par la main, et me le présenta. Il me fit ses remercîments en des termes qui, d'ordinaire, ne sont pas familiers aux gens de cet état; sa manière de s'énoncer, l'aisance de son maintien et le ton de la bonne compagnie qui perçait dans ses moindres actions, me causèrent une nouvelle surprise; il finit par me prier de vouloir bien lui permettre de passer quelques jours dans la maison pour achever de se rétablir. Maria prit aussitôt la parole et dit : « Rassurez-vous, mon bon ami, n'ayez aucune inquiétude à cet égard : si vous connaissiez papa comme je le connais, votre crainte cesserait bien vite ; il est bon, sensible, généreux ; il a trop d'humanité pour vous abandonner dans l'état de faiblesse où vous êtes encore. N'est-il pas vrai, cher papa, poursuivit-elle en me regardant, vous ne me démenti-

rez pas?—Non, certes, lui répondis-
je. Puis m'adressant au pèlerin : Vous
pouvez, monsieur, regarder ma maison
comme la vôtre; je ne vous connais
pas, mais tout prévient en votre faveur, tout me dit que vous méritez
ma confiance, et j'en crois mon cœur,
il ne m'a jamais trompé. Je ne vous
demande point votre secret; vous ne
pouvez qu'être infiniment au-dessus de
l'état auquel des circonstances majeu-
res peuvent vous avoir réduit, j'aime
au moins à le croire; si par la suite
vous ne me jugez pas indigne d'en savoir davantage, je n'abuserai jamais
des aveux que vous serez dans le cas
de me faire. Je ne vous cache pas que
le récit de vos aventures, que je juge
devoir être bien intéressant, aiguil-
lonne puissamment ma curiosité; encore une fois, je sais la réprimer, et
n'exige absolument rien de vous à cet
égard. Mon usage n'est pas de mettre
de prix aux services que je puis rendre. Je remplis, en accueillant votre
infortune, le devoir de tout homme en-

vers son semblable ; trop heureux que le sort, qui n'est pas juste, m'ait mis à portée de pouvoir vous être utile !

« Vous attendez de moi, répondit le pèlerin, le récit douloureux des aventures qui n'ont traversé que trop ma misérable vie ; je n'ai plus aucun intérêt à me cacher de vous ni de personne, mon barbare persécuteur n'étant plus dans la possibilité de me poursuivre ; mais je vous avouerai que dans le temps même où j'avais tout à craindre, je n'aurais point hésité à vous ouvrir mon cœur. Tout en vous commande la confidence ; votre âge, votre personne, quelques-uns de vos traits même me rappellent un père tendrement chéri, que ma fatale imprudence a précipité dans le tombeau. » (Ces paroles me causèrent un frisson qui me parcourut tout le corps, elles firent sur mon âme une impression dont je ne fus pas maître, mais que je vins à bout néanmoins de dissimuler.) « Pardon, continua le pèlerin, pardon, monsieur, si ce souvenir amer m'arrache des pleurs. » Ses pleurs coulèrent en effet avec abondance ; il se hâta de les essuyer, poursuivant son discours. « Vous désirez de me connaître, monsieur ; je n'ai pas moins d'envie de me faire connaître à vous, et de m'acquitter ainsi de ce que je vous dois. Quand je dis m'acquitter, c'est une dette que j'ai contractée, et dont mon cœur seul connaît toute l'étendue ; mais croyez que vos bienfaits y sont gravés de manière à ne jamais s'effacer. Je vais me découvrir à vous sans déguisement ; je ne dissimulerai ni mes torts, ni mes fautes. Je ne vous demanderai seulement que la permission de vous taire, dans mon récit, le nom d'une personne bien chère à mon cœur, mais dont le secret ne m'appartient pas : à cela près, vous n'ignorerez rien des principales circonstances de ma vie. Plus imprudent que coupable, quinze ans d'infortune et de misère ont suffisamment expié une faute bien grande, à la vérité, mais dans laquelle m'ont entraîné malgré moi l'amour, la jeunesse et l'inexpérience. »

Le pèlerin garda pendant quelques moments un silence profond, comme pour se recueillir ; la tête penchée et la main posée sur le front, il paraissait concentré dans ses réflexions. Son discours m'avait jeté dans une perplexité bien étrange ; une foule de conjectures s'offrait à mon imagination prompte à les saisir. Je croyais trouver dans le peu de mots qu'il avait dit quelques rapports avec la catastrophe funeste qui m'avait privé d'un fils dans l'existence duquel j'avais mis mon bonheur ; ma raison me défendait de me livrer à cette flatteuse espérance. Quand il eut suffisamment médité sur ce qu'il avait à dire, le pèlerin commença de la sorte le récit de ses infortunes.

« Le malheur est écrit sur mon front sillonné par les traces profondes qu'il y a laissées, parvenu, par une suite non interrompue d'événements plus affreux les uns que les autres, au dernier degré de la misère, la mort était l'unique but où tendaient mes vœux, et la mort, sourde à mes cris, respectait ma tête courbée sous l'infortune. L'état d'abandon où vous m'avez vu, n'a pas dû vous donner une haute idée de ma naissance : elle est telle cependant que peu de maisons, dans la province où j'ai reçu le jour, étaient dans le cas d'effacer celle dont je me fais gloire d'être sorti. C'est un avantage, sans doute, mais on ne doit en tirer vanité qu'autant qu'on s'en est montré digne. Vous voyez en moi une malheureuse victime de l'abus du pouvoir ; il a pesé sur ma tête pendant plus de quinze ans de la manière la plus cruelle. Errant, fugitif et proscrit, j'ai depuis cinq années échappé comme par miracle aux persécutions dirigées contre moi. Il m'est impossible de vous tracer le tableau de tout ce que j'ai souffert pendant une longue captivité de dix ans, et depuis que je suis rendu à moi-même, j'ai passé mes jours dans la crainte continuelle de retomber au pouvoir de mon ennemi: cette peinture est au-dessus de mes forces, il n'est point d'expression qui puisse la rendre comme je la sens.

« L'amour a fait tout mon crime: jeune, ardent, impétueux; je ne calculai point les dangers auxquels pouvait m'exposer une passion effrénée; je ne voyais, je ne respirais que l'objet de ma flamme, et mon imprudence a sans doute creusé l'abîme dans lequel je me suis moi-même précipité. Je ne chercherai point à me justifier en rejetant sur l'amour les torts que j'ai pu avoir, et que je n'ai que trop expiés; mais j'étais dévoré par une ardeur brûlante, et malheureusement la passion ne raisonne pas. J'aimais, que dis-je? j'adorais une femme non moins intéressante par ses malheurs que respectable par les qualités éminentes qui brillaient en elle; notre liaison n'était connue que d'une seule personne qui lui était entièrement dévouée; elle eut des suites funestes pour moi. Cette femme devint mère; il s'agissait de dérober la connaissance de cet événement aux regards indiscrets d'une multitude toujours empressée de propager la médisance pour satisfaire son avide curiosité. Une maladie feinte sauva les apparences, et mon amante donna le jour à une fille sans que la malignité pût s'alimenter de cette découverte.

« Cette fille me fut remise au moment de sa naissance; je la confiai à une nourrice que j'avais retenue d'avance, et qui l'allaitait sans savoir à qui elle appartenait. Au sortir du berceau, je la plaçai dans une province éloignée, chez une dame dont on m'avait rendu les meilleurs témoignages, et qui se chargea du soin de l'élever. Elle n'était pas plus instruite que la nourrice de la naissance et du sort de cette enfant; et les mesures les plus sévères avaient été prises par moi pour que ce fatal secret ne pût jamais parvenir à la connaissance de qui que ce fût. »

Le rapport qui se trouvait entre cet intéressant récit et les renseignements que je tenais de madame de Ponty, me frappa; je regardai Maria, et je m'aperçus qu'il avait fait la même impression sur elle; de grosses larmes coulaient dans ses yeux, et les palpitations de son cœur annonçaient ce qui se passait au dedans d'elle-même.

Elle interrompit le pèlerin pour lui demander si ce n'était pas en Bretagne que sa fille avait été élevée. « Il est vrai, mademoiselle, répondit-il : » et en prononçant ces mots, il la regarda plus attentivement, comme pour démêler dans ses traits la vérité qui commençait à luire dans ses yeux. « C'est à deux cents pas de Morlaix que je remis ce dépôt si cher à mon cœur, entre les mains... — De madame de Ponty, reprit Maria avec vivacité : de grâce, un mot, un seul mot encore — Vous venez de la nommer. » Il eut à peine achevé de parler que Maria s'élança dans ses bras, en s'écriant : « Oui, vous êtes mon père, embrassez votre fille ! Se tournant ensuite de mon côté, et m'adressant la parole :

« Le voilà, cet être bienfaisant, le seul qui ait pris intérêt à mon sort, avant qu'un heureux hasard m'eût jetée entre vos bras ! Le voilà ! je puis le serrer contre mon sein : je puis prononcer enfin ce mot tendre et chéri qui procure à mon âme une émotion si délicieuse ! Bon papa, partagez le bonheur de votre fille adoptive ; mon cœur m'avait averti de l'heureux évément qui m'arrive, mon cœur ne m'a pas trompée. »

Le pèlerin la serra de nouveau dans ses bras, et l'inonda de ses larmes : ce tableau touchant avait ému mon cœur. Un intérêt plus puissant l'agitait encore, je trouvais mille rapports entre l'histoire du pèlerin et l'aventure malheureuse qui m'avait privé de mon fils ; mais la raison me défendait de me livrer à la douce illusion qui voulait s'emparer de moi. Il avait annoncé, dans le cours de son récit, que son père était mort, et cette circonstance faisait évanouir mon espoir : un mot pouvait éclaircir mon doute, mais ce mot pouvait aussi me priver d'une lueur de consolation qui me restait encore, et je n'osai le faire prononcer. Je félicitai Maria et son père de l'heureux événement qui venait de les réunir ; et lorsqu'ils eurent donné les premiers moments à la nature, le pèlerin, que je nomme ainsi pour la dernière fois, poursuivit en ces termes le récit de ses longs malheurs.

« Quelques précautions que j'eusse prises, on découvrit, je ne sais comment, une partie de mon secret. A mon retour de Bretagne, je fus arrêté et conduit à la Bastille, où j'ai été détenu pendant près de dix années, sans communication avec qui que ce fût. Mes geôliers avaient ordre de ne point répondre aux questions que je pourrais faire, et cet ordre n'a jamais été emfreint par aucun d'eux. Ils étaient tous barbares, féroces et bien faits pour l'infâme métier qu'ils exerçaient. Pendant tout le temps qu'a duré ma captivité je n'ai jamais été visité, chose assez remarquable, ni par le gouverneur, ni par aucun des officiers de la maison.

« Vous n'avez pas d'idée de tous les maux que j'ai soufferts dans cet horrible séjour. Pendant les premiers mois qui suivirent ma détention, je fus interrogé plusieurs fois par un homme de justice, ou du moins qu'à la forme et à la couleur de ses vêtements je présumai tel, à l'effet d'obtenir de moi des aveux qu'on regardait comme très-importants. On m'a menacé du dernier supplice, dans l'espoir que la crainte d'une mort ignominieuse me forcerait à déclarer le nom et la demeure de la personne chez laquelle j'avais placé mon enfant : cette circonstance me fit soupçonner que la partie la plus essentielle de mon secret était entière, et me donna le courage de tout supporter plutôt que de la découvrir.

« D'après cela, je niai tout avec une impertubable sécurité ; on m'accabla de mauvais traitements, ils m'affermirent dans la résolution que j'avais prise de garder mon secret jusqu'à la mort. Ces persécutions durèrent à différentes fois pendant près de deux années, au bout desquelles on parut m'oublier, du moins n'essuyai-je plus ni visites ni menaces. Je vous laisse à juger de ma situation pendant les sept années qui suivirent les deux premières de ma détention. Séparé de tout commerce humain, livré sans cesse à moi-même, ne pouvant entrevoir le moment où mon sort changerait, j'ignore encore comment j'ai pu supporter les infortunes accumulées sur ma tête.

« Il y avait plus de neuf ans que j'habitais ce séjour affreux, lorsqu'on me donna un compagnon d'esclavage, dont l'occupation favorite était de s'exhaler en plaintes amères contre la tyrannie, qui, disait-il, le traînait depuis plus de vingt ans de cachots en cachots, sans qu'il eût jamais pu savoir quel était le crime dont on le punissait.

« Pendant assez longtemps, je n'y fit

pas grande attention ; mais cet homme, qui était infiniment aimable, et dont l'extérieur annonçait la candeur et l'honnêteté, finit par m'intéresser : il me raconta ses malheurs dont le récit eût attendri le plus insensible. Il s'occupait sans cesse du soin touchant de me consoler, par l'espoir de nous tirer, à force de patience, de travail ou d'intrigue, de ce lieu de suplice ; il parvint même à me convaincre qu'il avait à cet égard des données à peu près sûres. Les malheureux sont confiants ; je le crus un ange envoyé du ciel pour briser mes fers, et je finis par m'abandonner entièrement à lui.

« Cet homme adroit employa tant de moyens, et mit tant de ressorts en jeu, qu'il parvint au bout de huit mois de combats à surprendre mon secret. Je le lui confiai tout entier dans un de ces moments où le cœur a besoin de s'épancher : on se sent entraîner sans qu'on y pense, et l'indiscretion n'est pas plutôt commise qu'on s'aperçoit de la faute qu'on a faite ; mais il n'est plus temps de la réparer.

« Il s'y prit d'une manière infiniment adroite pour me faire tomber dans le piége qu'il m'avait jusqu'alors inutilement tendu, si toutefois tel avait été son dessein ; je n'ai aucune certitude de sa trahison ; mais tout me porte à croire qu'il n'était pas de bonne foi, à moins qu'il n'ait eu d'autres ressources pour se tirer d'affaire que de divulguer mon secret, ce qui justifierait sa conduite : tous les hommes ne sont pas doués d'une trempe d'âme assez forte pour savoir souffrir même la mort plutôt que de commettre une lâcheté. Je n'ai jamais été à la portée d'éclaircir la vérité ; mais j'ai toujours présumé qu'il n'avait été placé près de moi que pour parvenir à la découverte qu'on avait si souvent et toujours inutilement tentée.

« J'avais remarqué depuis quelque temps que toutes les fois qu'un certain geôlier venait nous apporter ce dont nous pouvions avoir besoin, il avait avec lui des conférences particulières, et souvent même assez longues. Un jour qu'il paraissait plus content qu'à l'ordinaire, il me fit confidence que Gauthier (c'était ainsi que se nommait cet honnête geôlier), ayant été gagné par des gens qui lui voulaient du bien, devait sous peu de jours faciliter notre évasion, et nous mettre en liberté.

« Liberté ! ce mot est si doux à l'oreille d'un malheureux prisonnier, que j'avoue qu'il me fit perdre entièrement la tête : mon compagnon profita, en homme habile, de la circonstance, et finit par m'enivrer tellement, en me présentant l'espoir d'une prompte fuite, que je ne lui cachai rien de tout ce qui me concernait ; j'entrai même avec lui dans les plus petits détails ; je ne tus que le nom de la mère de Maria, mais à cela près, il connut aussi bien que moi l'état de mes affaires. Mon secret m'eut à peine échappé, que je sentis toutes les conséquences de mon indiscrétion, et que je m'en repentis ; mais il était trop tard. Le lendemain matin, le geôlier, qui devait favoriser notre fuite, vint comme de coutume, et l'entretint encore en particulier. Dès qu'il fut dehors, mon libérateur, ou du moins celui que je croyais devoir l'être, m'apprit que tout était convenu, et que la nuit prochaine, comme il était de garde, il devait, d'accord avec les sentinelles qui avaient été, pareillement gagnées, nous mettre à même de briser nos fers.

« J'étais ivre de joie, et je portais l'aveuglement au point que je n'imaginais pas que l'exécution d'un pareil projet pût souffrir la moindre difficulté : je ne savais quelles actions de grâces rendre à l'homme généreux et sensible, par le moyen duquel j'allais recouvrer le bien le plus cher. Je vous laisse à juger combien la journée dut me paraître longue. Enfin, la nuit, cette nuit tant désirée arriva : avec quelle impatience j'attendais le moment auquel nous devions échapper à la vigilance de nos gardes ! l'heure fixée était minuit. A peine le timbre de l'horloge avait-il retenti dans le silence profond qui nous environnait que j'entendis du bruit à la porte de notre cachot ; je tressaillis de joie : mon compagnon paraissait calme et tranquille. On tire les verroux, les barres tombent, la porte s'ouvre, la chambre se remplit de gardes ; j'aperçois au milieu le geôlier qui devait opérer notre délivrance, chargé lui-même de fers et gardé à vue. A cet aspect inattendu, je restai comme immobile ; la foudre, qui serait tombée à mes pieds, m'aurait causé moins de stupeur. Le gouverneur de la Bastille était présent ; il donna ordre de s'emparer de l'auteur du complot qui venait d'être découvert, lui fit mettre en sa présence les fers aux pieds et aux mains, et dit aux guichetiers qui l'accompagnaient, de l'enfermer dans un cachot qu'il leur désigna ; cachot plus horrible et plus resserré que celui que nous habitions. Il se soumit sans résistance. Le gouverneur voulut l'interroger, avant de sortir, sur ce qui s'était passé relativement au projet de notre évasion. Cet homme, du caractère duquel j'avais pris une toute autre opinion, à mon grand étonnement, ne dissimula rien; il détailla le moyen vrai ou supposé qu'il avait mis en œuvre pour séduire le geôlier, et finit lâchement par demander sa grâce. Cette conduite, aussi vile que révoltante, me donna des soupçons sur le compte de ce malheureux; ce fut alors que je sondai dans tout son entier la profondeur de l'abîme où ma confiance m'avait entraîné; mais le mal était fait, et mes regrets devenaient inutiles. Lorsque cette espèce d'interrogatoire fut terminée, on le fit sortir avec le geôlier, son prétendu complice, et je restai dans ma chambre sans qu'il m'eût été fait la moindre question, et sans même que l'on m'eût adressé la parole.

« Demeuré seul, et rendu à moi-même, mon imprudence s'offrit à mes yeux sous son véritable point de vue ; le bandeau de l'illusion venait de tomber, et son prestige s'était évanoui comme une vapeur légère aux premiers rayons du matin. Je ne me dissimulai pas que cette indiscrétion devait entraîner ma perte et celle de mon infortunée fille. Je ne tenais point à la vie ; j'en avais fait depuis longtemps le sacrifice, mais j'avais à me reprocher d'avoir exposé l'innocent objet de ma tendresse aux persécutions cruelles qu'on ne manquerait pas de lui faire essuyer, et cette idée affreuse me plongea dans la mélancolie la plus profonde. Je ne restai pas longtemps en proie aux tourments horribles qui me dévoraient ; je n'eus bientôt plus lieu de douter de la perfidie de l'homme lâche et vil dont les promesses m'avaient arraché le funeste secret qui devait mourir avec moi. Deux jours après l'événement inattendu qui m'avait dessillé les yeux et fait voir ce scélérat tel qu'il était, le gouverneur, étant suivi de plusieurs guichetiers, entra dans mon cachot vers le milieu de la nuit ; il me fut enjoint de me lever, et lorsque je fus habillé, on me lia les mains ; je descendis en cet état dans la cour, où je trouvai une chaise de poste dans laquelle on me fit monter. Un homme dont l'extérieur était honnête, et la physionomie douce, s'y plaça près de moi, et nous partîmes.

« Le jour commençait à paraître, lorsque nous arrivâmes à la première poste ; nous y trouvâmes une berline qui nous attendait, et à la suite de laquelle nous continuâmes notre route. J'ignorai, tant que dura le voyage, quelles étaient les personnes qui la remplissaient, parce que je n'eus de communication qu'avec mon conducteur. Loin d'avoir à me plaindre de ses procédés, il n'est pas de moyens qu'il ne mit en œuvre pour adoucir ma situation : cette conduite me parut d'autant plus singulière, que pendant les dix années que dura ma captivité, je n'avais eu affaire qu'à des barbares qui semblaient se faire un jeu de la rendre encore plus affreuse.

« Quant à sa discrétion, je ne la mis point à l'épreuve, parce que je me doutai bien que ce serait prendre une peine inutile ; mais je reconnus bientôt que nous suivions la route de Bretagne, et je jugeai dès lors que l'enlèvement de mon infortunée fille était le but de ce voyage.

« Au premier endroit où nous nous arrêtâmes, on me fouilla ; et, malgré le soin que j'avais pris de la cacher, on parvint à s'emparer de la moitié de carte qui devait servir à retirer des mains de madame de Ponty le dépôt que je lui avais confié. Je présumai qu'on n'avait pas eu d'autre dessein que celui de m'enlever ce titre ; car dès qu'on s'en fut rendu maître, on discontinua toute perquisition, et l'on cessa même d'user de la précaution qu'on avait prise jusqu'alors de me lier les mains.

« Arrivé près de la maison de madame de Ponty, que je reconnus sans peine, on me fit descendre de voiture, et l'on me conduisit dans une salle

où je trouvai le B. D***, sous les or
dres duquel j'avais commencé mon
service militaire avant ma disgrâce.
Attaché à celui du comte de*** comme
premier capitaine, il avait sans doute
été chargé par lui de l'exécution d'un'
projet qui devait me priver du bien
par lequel je tenais encore à la vie.
Resté seul avec lui, il m'annonça que
mon sort dépendait de la sincérité de
mes aveux ; il ajouta que je ne gagne-
rais rien à vouloir cacher la vérité,
parce qu'on savait tout, et qu'un silence obstiné de ma part ne pourrait
qu'être nuisible à ma fille ainsi
qu'à moi-même. Il finit en me disant
que je pouvais être tranquille sur son
sort, qu'on aurait soin de lui assurer une existence honnête, et que la
mienne dépendrait de la conduite que
je tiendrais dans cette occasion.

« Il finissait à peine que je vis entrer madame de Ponty, accompagnée
de Maria ; je reconnus sans peine cette
dernière, quoique je ne l'eusse point
vue depuis dix ans, et qu'à l'âge où

je la conduisis à Morlaix ses traits
fussent à peine formés; mais elle avait
tous ceux de sa mère, et lui ressemblait
tellement, qu'il était impossible de
s'y méprendre. D'après la certitude
que j'avais d'avoir été trahi, je ne
pouvais avoir aucun avantage à nier
un fait dont les preuves étaient exis-
tantes : je n'avais plus qu'un seul intérêt, c'était de tâcher d'adoucir le
sort de l'infortunée qui me devait le
jour, et je n'hésitai point à la reconnaître. Vous savez ce qui s'est passé
dans cette pénible et cruelle entrevue, et je n'entrerai dans aucun détail à cet égard.

CHAPITRE XX.

« Après avoir livré ma fille au barbare qui devait décider de mon sort,
on me fit sortir de la salle et remon-
ter dans la chaise de poste qui m'avait
amené, après avoir pris de nouveau la

précaution de me lier les mains, ainsi qu'on en avait usé à mon départ de la Bastille. Cette conduite ne me donnait pas lieu d'espérer un traitement fort doux ; mais je ne pouvais que céder, et je cédai. L'inquiétude où j'étais sur le sort de mon enfant, plus encore que sur le mien propre (car je m'étais résigné d'avance à tout ce qui pouvait m'arriver), livrait mon âme à l'anxiété la plus cruelle. Il n'est point de tourment plus affreux que celui de l'incertitude ; le mal qu'on endure n'est rien, mais celui qu'on attend est cent fois plus terrible.

« Je ne doutai point que je n'eusse vu pour la dernière fois ma chère Maria, présumant bien qu'on allait la renfermer dans un couvent où elle serait forcée de prendre le voile. Je ne devais pas espérer, quel que fût par la suite le sort qu'on me réservait, de parvenir jamais à découvrir le lieu de sa retraite. Telles étaient les idées qui m'occupèrent pendant le voyage, qui ne fut pas long ; mon conducteur semblait redoubler de zèle et d'attention dans la vue de rendre ma position plus supportable. Je n'y étais pas insensible ; mais les affections douloureuses de mon âme ne me permettaient pas d'y attacher beaucoup de prix. Absorbé dans l'unique objet qui concentrait toutes mes pensées, le reste m'était à peu près indifférent.

« Parvenus, après deux jours de marche, dans une forêt assez considérable, que j'estime ne devoir pas être éloignée d'ici de plus de quatre à cinq lieues, la voiture s'arrêta tout à coup dans un chemin creux assez distant de la grande route ; l'homme qui m'accompagnait en descendit, et m'y laissa seul. Il revint au bout de cinq minutes, m'en fit descendre à mon tour, et me dit de le suivre. Je crus m'apercevoir qu'il paraissait extrêmement agité ; mais j'étais trop occupé de ce qui s'y passait pour y prêter quelque attention.

« Nous nous enfonçâmes dans le bois, ou on avait peine à se conduire, parce que le jour ne paraissait pas encore. Lorsque nous fûmes à cent cinquante pas de la route mon guide s'arrêta, me prit le bras, et me dit : Votre mort était résolue ; je ne me suis chargé de l'horrible commission de vous ôter la vie, qu'afin de pouvoir vous la conserver. En prononçant ces mots, il sortit de sa poche un pistolet et le tira en l'air ; puis il me dit : Soyez tranquille maintenant, vous n'avez plus rien à craindre ; mais fuyez loin d'ici, et faites en sorte de ne jamais retomber entre les mains de ceux qui avaient juré votre mort, car nous serions perdus tous deux. Il coupa les cordes dont mes mains étaient liées. Vous voyez, continua-t-il, cette espèce de puits abandonné qui semble prêt à s'écouler (et il me fit remarquer effectivement, à quelques pas de nous, une ruine à laquelle je n'avais pas pris garde) ; aidez-moi à le combler avec les matériaux qui ont été rassemblés auprès à cet effet, afin qu'on croie que votre cadavre y est déposé, et que la vérification en devienne difficile. Nous nous mîmes aussitôt à l'ouvrage, et en moins de cinq minutes la besogne fut achevée. Dérobez-vous par une prompte fuite, reprit-il, au danger d'être découvert, si vous demeuriez dans les environs : voilà de quoi vous aider jusqu'à ce que vous ayez pu prendre un parti; et il me remit environ une vingtaine d'écus. Sauvez-vous au loin ; adieu. Il disparut sans me donner le temps de lui dire un seul mot, et j'étais encore immobile et muet de surprise et d'étonnement, qu'il était déjà bien loin de moi.

« Dès que j'eus repris mes sens, mon premier soin fut de m'éloigner du lieu de cette horrible scène, pour échapper aux recherches qu'on pouvait être dans le cas de faire, si l'on ne s'en fût pas rapporté à la parole de mon généreux assassin. Je m'enfonçai dans la forêt et je m'y jetai au pied d'un arbre pour attendre le jour et aviser aux moyens de mettre ma déplorable existence à l'abri des poursuites de mon implacable ennemi.

« Je ne savais à quel parti m'arrêter, lorsqu'il me vint dans l'idée de retourner en Bretagne pour voir madame de Ponty, dans laquelle j'avais toute confiance. J'espérais de savoir, par son moyen, si toutefois elle en était instruite, quel était le sort qu'on destinait à ma fille. Je ne laissais pas que d'être inquiet à cet égard, non que je craignisse qu'on eût formé le dessein d'attenter à ses jours, j'étais loin de soupçonner un projet aussi lâche ; mais pour me tranquiliser sur l'avenir qui lui était réservé.

« Je roulais ces différentes idées dans ma tête, lorsque le jour parut; je me levai alors et m'orientai pour gagner le village que j'apercevais, afin de prendre quelques aliments dont j'avais besoin pour réparer mes forces épuisées, et de m'informer de la route que j'aurais à tenir pour me rendre à Morlaix. Je devais user de précautions pour n'être pas rencontré par la

maréchaussée, attendu que, n'ayant
pas de passeport, j'aurais couru risque
d'être arrêté comme vagabond, et conduit comme tel dans un dépôt de
mendicité, ne pouvant et n'osant me
réclamer de personne.

« Je marchais à l'aventure dans le
bois, sans tenir de route certaine,
lorsque je heurtai du pied contre quelque chose qui manqua de me faire
trébucher : c'était une petite valise
qu'on avait recouverte de feuilles,
pour qu'on ne l'aperçût pas, et qu'en
poussant, je fis rouler devant moi.
Elle n'avait pas grande apparence au
dehors, mais ce qu'elle contenait mé-
ritait la peine d'être compté pour quelque chose ; j'y trouvai, outre quelques
effets de peu de valeur, une bourse de
peau, dans laquelle il y avait cent dix-
sept louis en or, j'y trouvai pareillement un portefeuille qui renfermait
quelques lettres et papiers de peu d'importance ; mais ce que je découvris de
plus précieux pour moi dans la circonstance où je me trouvais, c'était un

passeport. Par un hasard assez singulier, le signalement de l'individu auquel il appartenait était précisément le mien ; il avait été délivré à Paris à un nommé André-Charles Delarue, chirurgien, qui devait s'embarquer à Brest, pour se rendre à la Guadeloupe.

« Je résolus de profiter de cette ressource pour gagner Morlaix sans inquiétude, me réservant d'y faire les recherches nécessaires pour découvrir le propriétaire de la valise et lui remettre l'argent et les papiers qui lui appartenaient. Je ne pris que la bourse et le portefeuille, ainsi qu'une chemise blanche et une cravate, dont j'avais besoin, et je laissai le reste à la place où je l'avais trouvé, ne voulant pas me charger d'un paquet inutile, et craignant en outre que des circonstances que je ne pouvais prévoir, ne me fissent soupçonner de l'avoir volé.

« Je ne tardai pas à trouver un village où je me déterminai à passer la journée tant pour prendre du repos,

qui m'était nécessaire, après les fati-
gues, que j'avais essuyées, que pour me
procurer des renseignements sur la
route que je devais suivre. J'entrai
chez de bonnes gens, dout j'eus tout
lieu d'être satisfait; je leur dis qu'é-
tant parti la veille un peu tard d'une
maison éloignée de la grande route,
où mes affaires m'avaient appelé, je
m'étais égaré dans la forêt, et que j'a-
vais été contraint d'y passer la nnit au
pied d'un arbre. J'appris dans ce village que ce bois était depuis quelque
temps infeste de voleurs ; qu'entre
autres on y avait assassiné depuis trois
jours un voyageur, dont il n'avait pas
été possible de retrouver le cadavre,
ni la valise : un bûcheron avait été
témoin de l'assassinat, mais n'étant
pas en mesure de s'y opposer, il s'é-
tait caché et en avait fait son rapport à la
maréchaussée, qui était à la poursuite
de ces brigands. Je ne doutai pas
qu'il ne s'agît du propriétaire de la
valise que j'avais trouvée, et que les
voleurs avaient sans doute cachée dans

la crainte d'être reconnus, se propo-
sant de la venir prendre dans un moment plus favorable.

« Je profitai du séjour que je fis
dans la maison où l'on avait exercé à
mon égard l'hospitalité, pour coudre
dans ma culotte les cent-dix-sept
louis que j'avais trouvés, afin de n'ê-
tre pas volé à mon tour, comme il paraissait que l'avait été le possesseur de
cette somme. Je partis le lendemain;
et après une marche un peu longue,
parce que j'avais en quelque sorte
perdu l'usage de mes jambes, je gagnai
Morlaix sans avoir été inquiété sur la
route: je m'y logeai dans une petite
auberge, conformément à la modicité
de mon avoir; car l'argent que j'avais
ne m'appartenait pas; je devais écono-
miser les vingt écus que je tenais de
la générosité de mon libérateur.

« Mon premier soin, à mon arrivée,
fut de me rendre à la maison de madame de Ponty, dont j'espérais tirer
quelque éclaircissements sur le sort de
ma fille; mais elle avait été enlevée

presque en même temps que Maria, et l'on ignorait ce qu'elle était devenue. Triste et pensif, je regagnais lentement le chemin de mon auberge, lorsque je fis rencontre d'un homme d'un certain âge, qui tenait par la main un enfant d'environ dix ans ; cet enfant avait une ressemblance frappante avec ma fille. Trop préoccupé de cette ressemblance, je ne fis pas grande attention au vieillard ; ma vue ne se porta que sur l'enfant que je ne me lassais pas de considérer. Je ne sais qui m'empêcha de les aborder ; mais je les suivis de loin, et je les vis entrer à l'hôtellerie du Grand-Cerf, où j'appris qu'ils étaient arrivés la veille. Je me présentai le lendemain chez cet étranger pour lui rendre une visite de bienséance, et faire part du motif qui me portait à cette démarche : on me dit qu'il venait de sortir ; je le fis prier de m'attendre le jour suivant ; j'y retournai, mais il était parti précipitamment. Je me repentis alors de ne l'avoir point abordé le jour où je le

rencontrai ; j'éprouvai même un chagrin assez violent, dont je ne pouvais
définir la cause ; mais le mal était fait,
et il n'y avait pas moyen d'y remé-
dier. »

— « Eh ! pourquoi donc, cruel
homme que vous êtes, lui dis-je avec
vivacité, pourquoi ne m'avoir point
abordé lorsque vous me rencontrâtes?
Que vous m'eussiez épargné de peines
et d'inquiétudes ! combien vous vous
seriez épargné à vous-même de douleurs et de tourments ! Le voyageur
de l'hôtellerie du *Grand-Cerf*, c'était
moi ; l'enfant auquel je donnais la
main, c'était Maria à qui j'avais fait
prendre des habits d'homme, pour
l'empêcher d'être reconnue ; vos yeux,
ou plutôt votre cœur, ne vous avait
pas trompé. Apprenez que votre visite
à mon auberge, et dans une ville où
je ne devais être reconnu de personne,
fut la seule cause qui me fit précipiter
mon départ, mais je ne puis qu'admi-
rer en cela les vues de la Providence ;
le ciel n'a pas jugé à propos de nous

réunir alors; vous eussiez partagé nos chaînes, et peut-être n'existeriez-vous plus. Mais poursuivez un récit auquel je prends plus d'intérêt que vous ne pensez; j'y vois des rapports... Continuez, de grâce, et satisfaites mon impatience, »

J'avais à cœur, poursuivit le père de Maria, d'éclaircir l'histoire de la valise qui m'était tombée entre les mains, et comme le trajet de Morlaix à Brest n'est que de douze lieues, je me rendis dans cette dernière ville. Je m'adressai au correspondant de l'infortuné voyageur, dont l'adresse était indiquée dans son portefeuille. Je feignis, pour avoir accès chez lui, d'avoir à lui rendre une lettre dont il avait promis de se charger pour la Basse-Terre. Le correspondant venait de recevoir la nouvelle de l'événement affreux dont il avait été la victime; il m'en confirma les circonstances qui m'avaient été racontées, mais que je fis semblant d'ignorer. Il ajouta que ce malheureux jeune homme ayant en peu de temps perdu toute sa famille, et ne tenant plus à personne, avait formé le projet de passer dans les îles, pour s'y établir; il avait, en conséquence, réalisé tout ce qui pouvait lui revenir; et ayant obtenu une commission de chirurgien pour l'hôpital de la marine, à la Guadeloupe, il se rendait à Brest, où il devait s'embarquer, lorsqu'il fut attaqué par les brigands qui lui ôtèrent la vie. Il finit en me disant que si je voulais lui confier la lettre que je me proposais de lui remettre, il se chargerait de la faire tenir à son adresse. Je le remerciai de son offre, et je le quittai en l'assurant que j'en profiterais, mais bien résolu de n'en rien faire, puisque cette lettre prétendue n'était, comme je vous l'ai dit, qu'un prétexte pour me procurer accès auprès de lui. Il était clair, d'après ce que je venais d'apprendre, que la somme que j'avais trouvée m'appartenait bien légitimement, personne n'ayant droit de la réclamer. Je résolus d'en profiter pour m'habiller

décemment et me rendre, par les voitures publiques, dans le Languedoc,
où mon père avait des possessions con-
sidérables. Je n'avais rien de plus à
cœur que de le rejoindre après une
absence aussi longue que funeste, et
de chercher, par des soins assidus, à
lui faire oublier les amertumes dont
ma conduite inconséquente avait
abreuvé sa vieillesse ; mais mon malheur avait entraîné sa perte ; dépouillé
de la plus grande partie de sa fortune,
il avait vendu le reste de ses biens, et
non-seulement on ignorait le lieu de
sa retraite, mais le bruit même avait
couru dans la province que le chagrin
avait avancé le terme de ses jours. »
Ces mots furent un trait de lumière
qui acheva de me dessiller les yeux.
« Ah ! mon fils ! m'écriai-je, mon cher
fils ! après tant de malheurs, nous
sommes donc réunis, et réunis pour
toujours !—Mon père ! s'écria-t-il à son
tour, en cherchant à se rappeler
mes traits, mon père ! et j'ai pu ne
pas vous reconnaître ! Heureux moment ! jour tant désiré ! comment suf-

fire à mon bonheur? » En prononçant ces mots, je le vis tomber à mes genoux; il me saisit les mains qu'il baigna de ses larmes. Maria se joignit à son père, et nous nous tînmes tous trois longtemps embrassés. « Vous êtes donc mon père, me dit en m'embrassant de nouveau cette intéressante créature; ce n'est pas en vain que mon cœur m'avait avertie du bonheur qui m'arrive. »

Après nous être remis de l'émotion délicieuse que ce moment inattendu nous avait fait éprouver, mon fils acheva le récit de ses infortunes. « Ce fut chez un de vos fermiers, sur l'attachement duquel je pouvais compter, que j'appris ces désastreuses nouvelles; je vous laisse à juger de l'effet qu'elles durent produire sur moi; ce brave homme, dont la famille était attachée à la nôtre de père en fils depuis plus de cent ans, fut vivement touché de ma situation; il n'épargna rien pour l'adoucir. Vous pouvez, me dit-il, regarder dès ce moment ma maison comme la vôtre, trop heureux de trouver cette occasion de m'acquitter de tout ce que je dois à votre famille. L'aisance dont je jouis est un de ses bienfaits ; l'honneur et la reconnaissance me font un devoir de la partager avec vous ; je ne vous quitte pas que vous ne m'ayez promis de passer vos jours avec moi, ou du moins d'y demeurer jusqu'à ce que le sort ait réparé son injustice, en vous plaçant d'un manière convenable à votre naissance et à vos talents.

« Je ne crus pas devoir refuser les offres généreuses de cet excellent homme, mais le malheur, qui ne se lassait pas de me poursuivre, ne me permit pas d'en profiter longtemps. Ce digne bienfaiteur, dont la mémoire me sera toujours chère, mourut subitement au bout de huit mois et je n'attendis pas que ses collateraux, hommes avides et grossiers, me missent à la porte de sa maison. Heureusement qu'il me restait encore la plus grande partie de l'argent que j'avais trouvé : il me servit à me faire subsister pendant près de trois années dans un petit hameau peu distant de Béziers. J'y vivais le plus frugalement possible, afin de ménager mes ressources : cependant, au bout de ce terme, mon trésor se trouvait tellement épuisé, que je me voyais à la veille de manquer de tout.

« Il fallut prendre un parti; j'employai le peu d'argent qui me restait à m'équiper en pélerin, je laissai croître ma barbe, et je profitai des talents dont j'étais redevable à l'éducation que j'avais reçue, pour fournir à ma subsistance. J'ai parcouru pendant quinze mois une partie de la France, vivant à peine du produit de mon industrie, couchant souvent à la belle étoile, et manquant des choses les plus nécessaires à l'existence. Mon tempérament, quoique robuste et fort, ne put résister à ce genre de vie; je sentis que ma santé s'altérait, mais la répugnance que j'ai toujours eue pour les hôpitaux, me détourna d'y chercher les secours nécessaires à mon état. J'attendais la mort avec résignation, et je l'aurais infailliblement trouvée, lorsque le ciel en abrégea le terme, en me réunissant au meilleur des pères, près duquel j'ai trouvé une fille que j'ai tendrement chérie, et que depuis long-temps je n'espérais plus revoir.

CHAPITRE XXI.

Après avoir terminé le récit de ses longs malheurs, mon fils désira savoir par quel heureux hasard Maria se trouvait entre mes mains: elle le satisfit à cet égard, en entrant avec lui dans les plus petits détails de tout ce qui lui était arrivé depuis leur unique et dernière entrevue dans la maison de madame de Ponty. Quand elle fut à l'endroit où le généreux inconnu, chargé de lui donner la mort lui avait conservé la vie, ainsi qu'il en avait usé vis-à-vis de son père, il témoigna vivement le regret qu'il éprouvait de n'avoir jamais entendu parler de cet homme vraiment estimable; il craignait qu'il n'eût été victime de sa générosité, lorsqu'on vint à constater l'existence de Maria, et que je fus conduit avec elle dans la maison où nous serions probablement encore détenus, sans l'événement inattendu qui fit tomber nos fers; mais elle s'empressa de le rassurer, en lui disant qu'en réfléchissant sur tout ce qui s'était passé pendant notre captivité, elle ne faisait aucun doute que ce même inconnu ne fût le geôlier à qui le soin de nous garder avait été confié. Cette explication renouvela le chagrin que je ne cessais de ressentir de ne lui avoir point donné mon adresse au moment de notre séparation. Cependant il m'était arrivé dans le cours de ma vie tant d'événements singuliers, que je ne désespérais pas tout à fait de le revoir.

En parlant de la visite plus qu'extraordinaire des trois dames voilées que nous reçumes dans notre prison, des pleurs que la plus petite des trois répandit sur Maria, et de l'intérêt qu'elle prit à nôtre sort : « Ah ! s'écria mon fils, cela ne m'étonne pas : cette démarche périlleuse peint bien le caractère de celle qui l'a faite. Oui, ma chère Maria, c'était votre mère que vous avez eu le bonheur d'embrasser ; je la reconnais à la hardiesse, disons le mot, à la témérité de cette entreprise ; elle a franchi tous les obstacles, elle a bravé tous les dangers ; elle a tout risqué pour jouir un moment du plaisir de vous voir : digne et sublime effort de l'amour maternel ! De quoi n'est-il pas capable dans une âme forte et généreuse ? — Mais, reprit Maria, puisque cette dame était ma mère, je puis donc espérer de la revoir ; que j'aurais de plaisir à la serrer contre mon sein, à lui prodiguer mes caresses, à recevoir les siennes !—C'est un bonheur dont vous ne jouirez jamais. — Jamais ! et pourquoi donc ? — Elle n'existe plus pour vous. — Combien vous m'affligez ! — Une

barrière insurmontable vous sépare.
— J'ai une mère, une bonne mère,
et je suis privée de ses embrassements!
Que ma destinée est cruelle! — Telle
est la volonté du ciel, ma fille, il faut
vous y soumettre. — Si j'allais la
trouver, si je voulais..... — Vous ne
pourriez vous faire connaître d'elle
sans exposer vos jours et les siens. —
Ma vie est peu de chose, mais la
sienne!... Je verserais jusqu'à la dernière goutte de mon sang pour en
prolonger la durée. »

Maria fondait en larmes; nous eûmes, son père et moi, toutes les peines
du monde à la consoler; nous parvîn-
mes enfin à calmer sa douleur, et
l'ayant prise en particulier, je lui ex-
posai les raisons qui s'opposaient à ce
que son désir pût être accompli :
comme elle avait beaucoup de bon
sens, elle finit par se rendre à l'évi-
dence, et le calme se rétablit dans son
âme ingénue, qu'un désir aussi juste
que celui de connaître une mère chérie, était bien excusable d'avoir trou-
blé.

Pour éviter une nouvelle fermentation dans une tête aussi facile à s'exalter, nous convînmes, mon fils et moi, de taire à Maria le nom de sa mère; il était de notre devoir de l ensevelir dans un éternel oubli ; des circonstances imprévues ont nécessité depuis de lui découvrir le secret de sa naissance ; mais elle sentait alors combien il était important pour elle et pour nous de ne pas le divulguer, et nous étions sans crainte à cet égard.

La santé de mon fils se rétablissait insensiblement ; la tranquillité, le repos, une nourriture abondante et saine, un exercice doux et modéré, tout concourait à ranimer ses forces, qu'un dénuement absolu avait presque entièrement épuisées ; mais l'empreinte du malheur restait gravée sur son front, et la trace en était trop profonde pour qu'elle pût s'effacer jamais. Notre réunion avait fixé le bonheur dans la retraite paisible que nous habitions ; nous jouissions avec transport les uns des autres, et nous éprouvions si peu de vide, que les jours ne nous semblaient pas assez longs ; nous revenions souvent sur le passé, mais sans amertume, à peu près comme les voyageurs se rappellent les climats affreux qu'ils ont parcourus, et les périls auxquels ils ont eu le bonheur d'échapper. Notre félicité était pure, et rien n'en troublait le cours. Maria contribuait, par les agréments de son esprit et la douceur de son caractère, à augmenter nos jouissances. Elle avait de la gaité, de l'enjouement, des saillies qu'elle savait placer à propos, et une certaine originalité qui, dans les choses les plus ordinaires, rendait sa conversation piquante. La solitude profonde où nous vivions ne l'ennuyait pas ; à la vérité, elle ne connaissait pas le monde, et nous cherchions, de notre côté, à lui procurer tous les amusements de son âge ; nous mettions nos soins à les varier de toutes les manières possibles, et nous réussissions sans beaucoup d'efforts. La musique tenait un rang particulier dans nos plaisirs : nous regrettions souvent de n'avoir point notre ami Prudent pour animer nos concerts, et nous vivions dans l'espérance qu'un hasard heureux finirait par le ramener près de nous.

Il existait une autre personne que je n'avais pas moins à cœur de réunir à notre société, non-seulement pour en augmenter l'agrément, mais pour remplir à son égard un devoir sacré, celui de la reconnaissance : elle devait avoir d'autant plus besoin d'être secourue, que la révolution lui avait enlevé le peu de fortune qui lui restait : c'était madame de Ponty. Les renseignements que je m'étais procurés sur son compte étaient très-avantageux, et notre société ne pouvait que gagner beaucoup à l'avoir. J'avais fait toutes mes dispositions sans prévenir de mon projet ni mon fils, ni Maria, dans la vue de leur procurer une surprise agréable. Quant à cette dernière, j'étais étonné qu'elle ne me parlât point d'elle, et je la taxai d'un peu d'ingratitude ; mais j'ai su, depuis, que je l'avais mal jugée, et je lui en ai fait une réparation authentique, en dévoilant un mystère qu'elle cachait avec le plus grand soin.

Ce qui me restait de ma fortune passée était encore plus que suffisant pour me faire vivre dans une aisance fort au-dessus de la médiocrité. J'avais attention que Maria ne manquât point d'argent, et soit que je passasse un bail ou que je fisse un marché, je stipulais toujours pour elle ce qu'on appelle des épingles. Je savais qu'elle était fort aumonière, et je voulais qu'elle eût toujours de quoi satisfaire une aussi noble inclination. J'appris avec le joie la plus vive qu'elle avait employé la majeure partie de ses épargnes à secourir madame de Ponty : c'était mon jardinier qui avait sa confiance, et qu'elle chargeait du soin de faire tenir les fonds qu'elle lui distinait, sans qu'elle pût connaître la main à qui elle en était redevable. Madame de Ponty n'en fit la découverte que plusieurs jours après son arrivée. D'après ce que je venais de faire en sa faveur, elle crut avoir deviné la source des secours qu'elle avait reçus, et m'en fit des remercîments ; je lui dis que cet acte de bienfaisance m'était étranger, et je soupçonnai Maria d'en être l'auteur.

Comme je n'ignorais pas que mon jardinier avait toute sa confiance, je le fis venir, et je n'eus pas de peine à le faire convenir de la vérité.

J'ai dit plus haut que mon intention avait été de ménager une surprise agréable, tant à mon fils qu'à Maria ; mon projet réussit au gré de mes vœux. Madame de Ponty arriva sans qu'ils s'en doutassent, et je la luer présentai comme une amie, dont la société allait embellir notre solitude. Dès que Maria l'aperçut, elle se précipita dans ses bras, et la tint longtemps embrassée. Toutes deux mêlèrent leurs larmes, et nous partageâmes avec ivresse les délices d'une scène aussi touchante.

Madame de Ponty eut quelque peine à à se remettre mon fils, tant ses malheurs avaient dénaturé ses traits, depuis la dernière fois qu'elle l'avait entrevu ; car le peu de moments qu'il était resté dans sa maison ne permet pas d'employer une expression plus propre à la chose : mais elle finit par se le rappeler, et nous félicita d'une réunion non moins heureuse que singulière. Après les preuves que je m'étais procurées de l'honnêteté de madame de Ponty, je crus devoir ne lui rien cacher de notre situation, relativement à la naissance de Maria, et je vis que nous avions acquis en elle une amie solide et digne de toute notre confiance.

Le surlendemain de son arrivée, nous fîmes la partie d'aller à la Barre, pour lui faire connaître cet endroit de mon domaine, dont j'avais pour ainsi dire fait un séjour enchanté. Nous étions restés en arrière, mon fils, elle et moi : Maria, suivant sa coutume, avait pris les devants avec mon chien, qui l'aimait beaucoup, et qu'elle se plaisait à faire courir dans la campagne. Je vis sortir du petit bouquet de bois, qui s'élevait au pied de la colline, un homme à cheval, au-devant duquel Maria, qui ne laissait pas que d'être éloignée de nous, s'avança précipitamment. Cette rencontre, et surtout la démarche de Maria, nous surprit; nous doublâmes le pas pour savoir ce que c'était; mais à notre grand étonnement, nous vîmes cet homme descendre de cheval, Maria courir à lui d'un pas rapide, lui tendre les bras, et l'embrasser avec les démonstrations de la joie la plus vive. Je ne pus m'empêcher de dire à mon fils et à madame de Ponty : « C'est sans doute encore un prodige, en vérité, cet enfant est incroyable, tout ce qui lui arrive est marqué au coin de la singularité; mais voyons de quoi il s'agit. »

La curiosité nous fit doubler le pas; au lieu de m'adresser à Maria, j'eus à peine jeté les yeux sur l'inconnu, que je me précipitai moi même dans bras, je le pressai sur mon cœur ; j'étais si saisi, que je ne pus articuler que ces mots : « Il est donc vrai ! c'est vous, mon digne ami , c'est vous ! je vous retrouve enfin ! » Rendu à moi-même, je le présentai à mon fils ainsi qu'à madame de Ponty ; et je n'eus pas plutôt prononcé le nom de Prudent , car on devine que c'était cet homme généreux que je venais d'embrasser, qu'il reçut de tous deux , et surtout de mon fils, l'accueil le plus tendre.

Maria n'avait point encore parlé, mais de grosses larmes roulaient dans ses yeux ; Prudent s'en aperçut, et je remarquai qu'elles firent sur lui l'impression la plus vive. Maria s'approcha de moi , me prit la main et me dit : « Bon papa , le hasard nous a fait retrouver notre meilleur ami ; nous sommes réunis, il ne faut plus nous séparer. — J'y compte bien, ma fille, lui répondis-je , et j'espère que notre bon ami ne nous refusera pas ;

j'aurais mauvaise idée de son cœur s'il en était capable. — Vous m'avez bien jugé, reprit cet aimable jeune homme ; je venais vers vous dans cette intention : vous êtes nécessaire à mon bonheur ; puissé-je mériter votre amitié ! — Eh ! qui l'aura donc, si ce n'est vous, poursuivis-je avec vivacité ! Maria, mon fils et moi, nous vous devons la vie, et notre reconnaissance..... — On trouve si peu d'occasions d'être utile , et la bienfaisance est un plaisir si doux , qu'on n'a point de mérite à l'exercer. » Nous nous embrassâmes de nouveau en nous félicitant d'être réunis.

Au lieu de continuer notre promenade, nous retournâmes à la maison ; j'ordonnai en arrivant qu'on mît le cheval de Prudent à l'écurie, et qu'on en eût le plus grand soin. Je le fis rafraîchir en attendant que l'heure du dîner fût venue. Maria, qui s'occupait avec un zèle singulièrement actif à prévenir ses moindres besoins , lui demanda qu'après le dîner, s'il n'était pas trop fatigué, il nous fit le récit de ses aventures depuis notre séparation. « Non-seulement vous devez en être instruit, répondit-il, mais puisque vous voulez bien m'admettre parmi vous, même avant de me connaître, il est juste que je vous apprenne qui je suis, et je n'ai point d'autre projet que de vous faire à cet égard la déclaration la plus franche: Comme je puis m'avouer sans rougir, mon intention est de me montrer tel que je suis. » Nous le remerciâmes de sa complaisance, dont l'effet ne pouvait que nous être infiniment agréable; et ce ne fut pas sans impatience que nous attendîmes le moment où cet homme vraiment rare allait acquérir de nouveaux droits à notre confiance et surtout à notre amitié.

Le dîner fut très-agréable; nous étions réunis par un sentiment pur et dégagé de tout intérêt personnel; nous étions animés par le besoin réciproque de nous aimer, et l'abandon

le plus doux ajoutait encore de nouveaux charmes aux liens qui nous
unissaient.

Le ciel était pur et l'air calme, tout
anonçait une soirée délicieuse ; au lieu
de se rassembler après le diner, dans le
salon, comme on en était d'abord convenu, nous nous rendîmes, sur la
proposition que j'en fis, dans l'île de
la Barre, où nous étant réunis en
cercle sous une charmille, notre nouvel associé nous raconta l'histoire
de sa vie, tel que je vais la rappor-
ter.

CHAPITRE XXII.

« Je ne suis point sorti d'un sang
noble ; mais plus de trois cents ans
d'une roture sans tache sont un avantage assez peu commun, pour qu'il
me soit permis d'en tirer une espèce
de vanité. Peu de temps après la ba-
taille de Poitiers, où le roi Jean fut

fait prisonnier par le célèbre Prince
Noir (1), rival et contemporain du
fameux Bertrand du Guesclin, còn-
nétable de France, ma famille s'éta-
blit dans Abbeville, et n'a pas discon-
tinué, depuis cette époque, d'y tenir,
de père en fils, une manufacture
considérable de draps et de serges,
qui lui procura de la considération et
des richesses. Mes ancêtres, inacces-
sibles à l'ambition, ou trop occupés
de leur commerce, pour se vouer au
manége et à l'intrigue, ne voulurent
jamais accepter les lettres de noblesse
qui leur furent offertes à différentes
époques, ni prendre des charges,
dont l'exercice les eût anoblis : il
préférèrent, et cet orgueil est bien
pardonnable, d'être les premiers de
la roture, plutôt que de se voir rangés
dans la dernière classe de la noblesse.
Ce n'est pas qu'ils méprisassent les
titres, ni ceux qui en étaient revêtus,

_____

(1) Fils d'Edouard III, roi d'Augleterre, ainsi nommé
de le couleur de son armure : il mourut avant son père.

mais ils avaient toujours prétendu que la noblesse opérerait la ruine de leur maison, et ils s'attachèrent en tout temps à élever leurs enfants dans les mêmes principes. Mon père, dernier rejeton de cette ancienne famille, hérita de son crédit et de ses sentiments; il jouissait d'environ huit à neuf cent mille livres; il entretenait un très grand nombre de fabriques, et employait à lui seul près de deux mille ouvriers; il avait des correspondants nombreux; et son commerce s'étendait dans toutes les parties du monde connu. Comme il y mettait tous ses capitaux, il ne possédait en biens fonds qu'une terre de cent mille livres, à peu de distance d'Abbeville.

« Il avait épousé une femme jeune, belle et vertueuse, mais qui n'était pas riche en comparaison de lui, puisqu'elle ne lui apporta que soixante mille francs, avec l'espoir d'une somme pareille après la mort de ses parents. Il n'eut que moi d'enfant de son mariage; ma naissance coûta la vie à ma mère, que je n'ai jamais connue. Quoique jeune encore, mon père, qui ne cessa de la regretter tant qu'il vécut, ne voulut jamais s'engager dans de nouveaux liens. Tout en se livrant à son état, il me fit donner une éducation soignée, et n'épargna rien pour me produire avec avantage dans le monde : je profitai des leçons que je reçus, et je remplis toutes ses espérances.

« Il me mit de bonne heure au fait de son commerce; tout jeune que j'é-tais, je comptais à peine vingt ans, qu'il me confia le soin de tenir ses livres, et je m'en acquittai de manière à le contenter. Dormond, c'était notre nom de famille, Dormond me dit un jour mon père, vous touchez à votre vingtième année, il est temps de songer à vous établir; je commence à ne me plus faire jeune, et je désire-rais d'être témoin de votre bonheur avant que la mort me réunisse à mes ancêtres. Vous êtes répandu dans les meilleures sociétés de la ville et des environs; voyez, faites choix d'une femme qui vous convienne; je suis assez riche pour ne pas regarder à la fortune, mais j'exige des mœurs, des principes et de la vertu; c'est à vous que je laisse le soin de cette affaire; quand votre choix sera fait, vous me le direz, et nous terminerons.

« Je remerciai mon père de la peine qu'il daignait prendre de s'occuper de mon établissement; je lui observai que j'étais bien jeune encore pour y songer, et qu'il me fallait du temps pour me déterminer dans une affaire de cette importance; mais je lui promis aussi de ne rien négliger pour concourir à ses vues.

« J'aimais passionnément la chasse; j'y consacrais tous les moments de loisir dont le courant des affaires me permettait de disposer. Un jour que ma chasse avait été moins heureuse que de coutume, poursuivant une pièce de gibier qui m'avait échappé, je me trouvai, sans m'en apercevoir, sur les terres du comte de R***, dont les domaines avoisinaient celui de mon père. Je fus arrêté par deux de ses gardes, qui me demandèrent avec insolence de quel droit je chassais sur un canton qui ne m'appartenait pas : je leur répondis que c'était par méprise; mais que, dans tous les cas, ils avaient tort de le prendre avec moi sur un ton qui ne leur convenait point. Ils ripostèrent par des injures, tuèrent, à deux pas de moi, un de mes chiens auquel j'étais fort attaché, et portèrent l'audace jusqu'à me coucher en joue. Cet outrage me mit hors de moi ; j'étais bouillant de colère, et bravant leurs menaces, j'allai sur eux, et je les mis bientôt hors de combat; mais il survint au même instant plusieurs de leurs camarades, qui m'entourèrent, et je fus obligé, malgré mon courage et la résistance que je leur opposai, de céder au nombre; ils me garottèrent et me conduisirent dans les prisons d'Abbeville.

« Dès que mon père fut instruit de cet événement malheureux, il mit tout en œuvre pour en prévenir les suites : mon affaire cependant prenait une mauvaise tournure, et plusieurs de mes juges, qui le connaissaient et qui le plaignaient, ne lui cachèrent pas que j'avais encouru les peines des galères, et qu'il serait difficile, pour ne pas dire impossible, de m'en tirer, à moins qu'il n'intervînt une protection puissante qui m'arrachât de l'abîme où j'étais sur le point de tomber. Le comte de R*** poursuivait avec chaleur, et j'étais sur le point de devenir la victime de mon imprudence, lorsqu'à force de soins et de démarches, mon père trouva le moyen d'arrêter la procédure qu'on instruisait contre moi.

« Il avait plusieurs fois eu l'occasion d'obliger de son crédit et de sa bourse un des grands officiers du comte de ***. Cet homme immoral, et peu digne du poste éminent qu'il occupait, était parvenu à capter tellement la confiance de ce prince, qu'il ne voyait que par ses yeux, et se laissait conduire aveuglément au gré de ses perfides conseils. Il était puissant : mon père alla le trouver, et le pria de s'intéresser en ma faveur auprès du prince. Il acheta sa protection fort cher; mais il n'avait que moi d'enfant, et il aurait sacrifié sa fortune pour m'arracher au sort dont j'étais menacé. Le favori parla de mon affaire au prince, qui voulut bien y prendre intérêt, et s'entremettre auprès du comte de R*** pour arrêter ses poursuites. Enfin, l'affaire s'arrangea : il en coûta près de quatre cent mille fr. à mon père : mais il avait eu le bonheur de me sauver, et il ne regrettait pas le sacrifice qu'il avait fait pour y parvenir.

« Peu de temps après la malheureuse affaire qui lui coûta la moitié de son bien, mon père éprouva une banqueroute qui consomma sa ruine. Il était honnête homme ; au lieu d'imiter la conduite de la plupart des commerçants, il paya tout ce qu'il devait, resta sans fortune, mais il conserva son honneur. Il ne put tenir à tant de disgrâces; il tomba malade, et mourut dans mes bras en peu de jours.

« Ce coup me fut d'autant plus sensible, que j'avais en quelque sorte à me reprocher d'avoir été le premier artisan de son mal : il ne me resta du riche héritage auquel je devais prétendre, que le bien de ma mère, qui demeura intact : il montait à près de cinquante mille écus, par les héritages qui successivement étaient échus à mon père. Je plaçai mes fonds avantageusement, et ne me sentant aucun goût pour l'état de commerçant, je ne voulus pas continuer; je n'étais pas riche, mais j'avais suffisamment de quoi vivre dans une honnête aisance; et je voulus réfléchir, avant de prendre un état, sur celui qui serait dans le cas de me convenir.

» Cependant mon aventure n'avait pas laissé que de faire du bruit : le comte de*** voulut me connaître; je lui fus présenté par son favori, qui ne fut pas fâché de la circonstance : sa protection m'avait coûté assez cher, pour qu'à son tour il ne négligeât pas l'occasion de m'être utile. Je plus au prince, qui voulut me retenir à son service : mais comme je désirais de rester libre, je ne me souciai point d'être porté sur les états de sa maison. J'avais un traitement particulier qui ne me mettait dans la dépendance d'aucun des grands officiers du prince. J'obtins bientôt sa faveur et sa confiance ; il n'aurait tenu qu'à moi d'être son ami, mais un pareil rôle me répugnait, et je pris la liberté de lui faire entendre que je ne me prêterais jamais à le jouer. Loin de s'en fâcher, il m'en estima davantage, et sa confiance même sembla redoubler en raison de la délicatesse que je mettais dans ma conduite. Il me chargea de plusieurs affaires épineuses que j'eus le bonheur iner au gré de ses désirs : ce ie devais plus à des cir-

tion, qu'il ne m'appelait que Pri.
de sorte que le nom m'en est resté.

« Il n'est personne qui ne se rappel*
l'éclat que fit dans le temps l'intrigue
du jeune chevalier de B*** et de la
comtesse de***. Il y avait un assez
grand nombre d'années que cet infortuné, plus imprudent encore que coupable, expiait sa témérité dans les
cachots de la Bastille : jamais cet
homme, digne d'un meilleur sort,
n'avait voulu découvrir l'endroit où
l'on élevait l'enfant né de ce commerce, et qu'on savait lui avoir été
remis aussitôt après sa naissance.
L'existence de cet enfant était encore
un problème pour le plus grand nombre, et on voulait empêcher qu'elle ne
parût jamais dans le monde, pour
qu'elle ne pût pas être constatée.

« Le favori du prince, ce même
homme par le moyen duquel j'avais
obtenu sa protection, se donnait un
tourment inimaginable pour surprendre le secret du malheureux prisonnier. Il s'avisa d'un expédient qui lui

réussit. Un misérable consentit, au moyen d'une somme considérable, à se laisser enfermer dans la prison même du chevalier, et tenta par tous les moyens possibles de capter sa confiance. Il ne réussit qu'au bout d'un assez long temps à le faire tomber dans le piége qu'on lui avait tendu. Pour prix d'un service aussi important, il fut enfermé lui-même dans un autre cachot, où il mourut de chagrin quelques mois après.

« Muni de tous les renseignements nécessaires, l'indigne favori conçut le projet le plus barbare. L'intention du prince était de faire passer le chevalier de B*** à l'Ile de France, où il aurait été placé convenablement à sa naissance, et de renfermer la jeune fille dans un couvent pour y prendre le voile, lorsqu'elle aurait atteint l'âge requis par les lois. Le monstre, car quel autre nom lui donner, trouva plus expédient de s'en débarrasser sans toutefois en faire part au prince, qui n'aurait jamais donné son consentement à l'exécution d'un complot aussi atroce. Il lui fallait un homme sur lequel il pût compter, et, jugeant de mon cœur par le sien, il me proposa de me charger de ce double assassinat : je frémis d'abord, mais faisant réflexion que si je le refusais, il pourrait s'en trouver un autre qui serait moins délicat, je crus devoir accepter, bien résolu de sauver les victimes, à tel prix que ce fût.

« Le projet ainsi conçu, tout fut disposé pour en assurer l'exécution. On choisit l'endroit où devait se commettre le crime, et l'on prépara d'avance les fosses propres à recevoir les cadavres des infortunés, dont le plus exécrable des hommes avait juré la perte. Nous partîmes pour Morlaix, le chef de ce projet horrible, le malheureux chevalier de B*** et moi. J'étais dans une chaise de poste avec cet intéressant jeune homme ; et le ministre atroce de la plus affreuse vengeance voyageait dans une berline qui devait servir à ramener l'innocente créature que je m'étais chargé de livrer à la mort.

» Quoique le chevalier de B*** dût naturellement se défier de moi, et qu'en conséquence il se tînt sur la plus grande réserve, je lus dans la noblesse de son maintien qu'il était digne d'un meilleur sort, et je conçus pour lui, dès ce moment, la plus haute estime. En partant de Paris, on avait cru devoir lui lier les mains, de peur qu'il n'attentât sur ses jours ou sur les miens. Je l'avais trop bien jugé pour n'être pas tranquille sur mon compte, et je pris sur moi de faire cesser cet indigne traitement; je ne fus pas le maître d'en user de même au retour, et il dut s'apercevoir combien cette rigueur déplacée me faisait souffrir.

« Cependant on avait retiré Maria des mains de la personne à qui le soin de son enfance avait été confié, et au bout de plusieurs jours de marche, nous étions parvenus à l'endroit désigné pour le dénouement de cette affreuse tragédie. J'avais mon projet en tête, et je m'étais fortement occupé du soin de le mûrir ; mais, par une fatalité dont je ne puis rendre compte, l'argent que je destinais aux deux victimes, pour leur fournir les moyens de se procurer un asile, était resté dans la berline, et je ne pus disposer en leur faveur que d'une somme assez modique, que, par un heureux hasard, j'avais sur moi.

« Je fis descendre le chevalier de B***, et je le conduisis au fond du bois où il était condamné à périr ; je lui dis alors ce dont il s'agissait ; et lui donnant une portion du peu d'argent que j'avais, je l'invitai à se soustraire au sort cruel qui l'attendait si jamais il était reconnu. En achevant ces mots, je tirai en l'air un des pistolets dont j'étais muni, afin de faire croire que le crime était consommé. Il m'aida à combler le trou dans lequel il devait être enseveli, et je le quittai pour rejoindre les équipages. Depuis ce moment je n'ai point entendu parler de cet infortuné ; je présume qu'il aura péri de misère, ou peut-être qu'il aura trouvé moyen de passer dans les pays étrangers. »

Pendant que Prudent, ou plutôt Dormond parlait, je remarquai sur le visage de mon fils et sur celui de Maria ce qui se passait en eux : il ne fut pas possible au chevalier de garder plus longtemps le silence : il l'interrompit; et se jetant dans ses bras : « Vous voyez, lui dit-il, cet infortuné qui vous doit la vie, et au bonheur duquel il ne manquait que de pouvoir vous en témoigner toute sa reconnaissance. » Nous nous félicitâmes de nouveau d'une réunion aussi heureuse ; et, après quelques moments donnés à l'effusion des sentiments dont nous étions tous affectés, Dormond continua son récit, auquel nous avions lieu plus que jamais de nous intéresser.

« J'en usai de même avec l'infortunée Maria ; et après avoir pareillement comblé la fosse destinée à dérober les traces de ce nouveau forfait, et lui avoir donné tout l'argent qui me restait, je m'éloignai précipitamment, et je me hâtai de rejoindre les voitures. »

Nous étions trop attentifs au récit de Dormond pour nous apercevoir que le temps avait changé, et qu'il se préparait un orage ; un coup de tonnerre nous en avertit. Nous n'eûmes que le loisir de regagner notre maison, où notre nouvel hôte ne se sentant point fatigué, poursuivit son histoire en ces termes.

CHAPITRE XXIII.

« De retour à Versailles, le scélérat, dont j'avais déjoué les complots criminels, rendit compte au prince de la commission dont il l'avait chargé : il ne lui dissimula pas qu'il avait pris sur lui de s'écarter de ses ordres ; il allégua, pour justifier la mesure barbare qu'il avait employée, combien il était important d'anéantir jusqu'aux moindres traces d'un secret de cette nature, et rejeta sur son dévouement aux intéréts du prince, tout ce que sa conduite pouvait avoir de répréhensible.

« Je dois dire, à la justification de ce dernier, qu'il fut révolté de cet horrible détail; mais trop faible pour punir le monstre qui avait abusé de sa confiance, en transgressant ses ordres, il se contenta de lui en témoigner son indignation, et continua de l'admettre dans son intimité.

« Le prince ignora vraisemblablement que j'avais été chargé de cet horrible commission, car je n'éprouvais de sa part aucune défaveur; et de la manière dont il avait pris la chose, il était à croire que s'il m'eût soupçonné d'avoir trempé seulement dans cette manœuvre affreuse, j'eusse infailliblement perdu ses bonnes grâces.

« Cependant le bruit de cette épouvantable catastrophe se répandit sourdement, et parvint même jusqu'aux oreilles de la comtesse de ***, qui en conçut les plus cruelles alarmes. Comme elle n'ignorait pas la confiance que le prince avait en moi, elle me fit venir, et m'adressa des reproches amers sur l'atrocité d'un complot dont elle m'accusait d'avoir été l'agent. Je la calmai bien vite, en l'assurant que cet infernal projet n'avait point eu son exécution, et je lui dévoilai sans réserve tout ce qui s'était passé.

« Elle me chargea de faire les recherches les plus exactes pour tâcher de découvrir ce que pouvaient être devenues les deux victimes que j'avais été assez heureux pour arracher à la mort, et je m'y prêtai avec tout le zèle possible; mais quelques démarches que j'aie faites, il ne me fut pas possible de retrouver la trace de leurs pas.

« Trois années s'écoulèrent dans l'ignorance absolue de leur sort. Il y avait déjà quelque temps que j'avais interrompu mes recherches, et je commençais même à désespérer du succès de toutes celles que je pourrais faire dans la suite, lorsque, par un événement aussi singulier qu'inat-

tendu, Maria fut reconnue, son existence constatée et le lieu de sa retraite
découvert. Son farouche assassin, car
quel autre nom donner à ce tigre al-
téré de carnage, chassait, je ne sais
par quelle fatalité, dans le bois voisin
de votre habitation; le hasard conduisit ses pas près de votre île au
moment où vous en reveniez avec elle.
Il la reconnut à son grand étonnement; mais n'étant point en mesure
alors pour s'en assurer et consommer
sa vengeance, qui n'avait été que sus-
pendue, il se donna bien de garde de
paraître; il vous suivit de loin jusqu'à
votre demeure; et après avoir pris des
informations suffisantes sur ce qu'il
désirait de savoir, il revint à Versailles
exhaler sa rage inhumaine et méditer
de nouveaux forfaits.

« Craignant néanmoins de se com-
promettre, il chargea des espions affi-
dés de prendre tous les renseignements dont il avait besoin. Ce fut
par eux qu'il apprit que Maria ne
pouvait être que l'infortunée victime
que j'avais sauvée de sa fureur. Ayant

acquis la certitude de ce fait, il me fit prier de me rendre chez lui : j'étais loin d'imaginer le motif de cette invitation. Enfermé seul avec lui, il me reprocha vivement d'avoir abusé de sa confiance, en dénaturant de mon autorité privée les ordres qu'il m'avait donnés. Je me doutai de quelque chose, mais je ne perdis pas la tête ; je le priai de m'expliquer le sujet de sa plainte ; et, quoiqu'il ne le dît pas positivement, je devinai qu'il s'agissait de Maria. Je payai d'audace alors : je convins qu'effectivement je lui avais sauvé la vie, ne me sentant pas le courage d'immoler cette enfant, dont la naissance était le seul crime ; mais qu'à l'égard du chevalier ses ordres avaient été exécutés à la rigueur, et qu'il ne tenait qu'à lui de s'en assurer il fit vérifier si ce que je lui avais dit était conforme à la vérité ; le rapport qu'on lui fit se trouva d'accord avec ce que j'avais avancé. »

Je vous expliquerai dans un autre moment, lui dit mon fils, le mot de cette énigme que votre discours vient de me faire trouver ; mais poursuivez de grâce, votre récit.

« Cette découverte, reprit Dormond, tranquillisa le favori du comte de***, en lui certifiant l'exécution de la partie la plus essentielle de son projet. Il alla trouver le prince et l'intruisit, non-seulement de ce qui s'était passé, mais de l'existence certaine de Maria. Le prince apprit avec plaisir qu'elle n'avait point péri ; et, comme on était presque assuré qu'elle ignorait sa naissance, il penchait pour qu'on la laissât vivre paisiblement dans l'asile où elle s'était retirée ; mais ce n'était pas le compte de son lâche persécuteur : il fit remuer tant de ressorts, il intrigua tellement qu'on reprit le projet de la mettre hors d'état de connaître de qui elle avait reçu le jour.

« Le prince qui, d'après ce qui s'était passé, n'avait pas plus de confiance qu'il n'en fallait dans la moralité de son favori, et qui connaissait à fond ma façon de penser, voulut, quelque motif qu'il pût alléguer pour s'y opposer, que je me chargeasse du soin de garder ces prisonniers jusqu'à ce qu'on eût prononcé sur leur sort. Quelque pénible et désagréable que fût une pareille commission, je me gardai bien de refuser : il s'agissait d'empêcher peut-être un nouveau crime. Je pris en conséquence toutes les mesures nécessaires pour faire préparer la maison qui devait les recevoir.

« Comme l'expérience du passé me donnait des méfiances sur l'avenir, j'allai trouver le prince, et j'exigeai de lui un écrit signé de sa main, par lequel il m'enjoignait de ne me dessaisir des prisonniers, sous quelque prétexte que ce fût, que sur un ordre verbal donné par lui en ma présence : il devina mon motif et m'en sut gré.

« Mon premier soin fut d'avertir la comtesse de *** de ce qui se passait; elle me chargea d'employer tous les moyens possibles pour découvrir votre retraite, afin de vous soustraire aux nouvelles persécutions qu'on dirigeait contre vous, mais ce fut vainement. Le barbare artisan de vos malheurs, qui était fondé à se méfier de moi, quoiqu'il affectât le contraire, avait mis tous ses soins à la dérober à ma connaissance, et son secret fut inviolablement gardé.

« Lorsque le local destiné à votre détention fut prêt, on prit un ordre du roi qu'on obtint de haute lutte. On chargea de l'exécuter un homme de confiance, auquel il fut prescrit, par le prince, de vous traiter avec égard. Comme on voulait que vous ignorassiez le lieu de votre détention, on vous fit faire un circuit assez considérable, pour vous en dérober la connaissance. Mes instructions me furent données en conséquence ; et si je n'ai pas trahi le secret de vos tyrans, c'est que j'étais lié par ma parole d'honneur, et que la connaissance de ce secret ne vous eût été d'aucune utilité.

« Je correspondais avec la princesse par le moyen d'un agent sûr, auquel je communiquais mes observations, et qui me transmettait ses réponses. C'est par ce moyen que je vous ai procuré les instruments de musique qui ont rendu votre détention plus supportable ; c'est enfin elle-même qui vous a visité dans votre prison.

« Le comte de*** avait bien prévu que son perfide agent, dont il n'avait pas le courage de rejeter les services, serait capable de se porter aux excès les plus violents, si votre sort eût dépendu de lui, et c'est pour cela qu'il avait voulu que je ne vous quittasse point. Le moment de décider votre sort était arrivé, et il avait résolu de vous former un établissement à l'ile de France, d'où jamais il ne vous eût été possible de revenir. Je devais être chargé de vous y conduire.

« J'en donnai sur-le-champ avis à la princesse ; c'est ce qui détermina la visite qu'elle vous fit. Comme elle ne voulait point que ce projet barbare s'exécutât, nous primes des mesures pour vous faire passer en Angleterre, où je devais vous accompagner. Les arrangements pour votre évasion étaient concertés de manière que nous aurions été rendus à Douvres avant qu'on eût pu avoir connaissance de notre départ.

« Les troubles survenus dans le royaume ont empêché l'exécution de ces projets : celui de la princesse qui voulait, à tel prix que ce fût, vous rendre la liberté, était cependant sur le point de se réaliser, lorsque les circonstances forcèrent de le remettre à un moment plus favorable. Il est heureux pour vous qu'il n'ait pas eu lieu, puisque votre délivrance l'a suivi de près, et que vous avez recouvré votre liberté.

« Je vous dois compte maintenant de ce qui m'est arrivé depuis notre séparation. Vous étiez à peine hors de Paris, que je m'aperçus que j'avais oublié de prendre votre adresse ; mais je ne m'en inquiétais pas beaucoup, parce que vous m'en aviez dit assez pour me donner le moyen de vous rejoindre, quand mes affaires seraient terminées.

« Je me hâtai de retourner à la maison que nous avions quittée un peu brusquement : les gens qui voulaient y mettre le feu, sans savoir pourquoi, étaient encore au cabaret, où le vin qu'on leur fournissait avec abondance leur avait fait sinon oublier du moins ajourner leur projet. Me doutant bien qu'ils finiraient par y revenir, je m'empressai d'en retirer les effets les plus précieux que j'y avais laissés ; je payai aux deux guichetiers le peu qui pouvait leur être dû, et j'abandonnai la maison pour n'y plus remettre les pieds.

« Quand les fumées du vin, que la horde incendiaire avait bu copieusement, furent dissipées, elle se souvint de l'objet qui l'avait mise en mouvement : furieuse de voir son but en partie manqué, d'autant que vous lui aviez échappé, elle se rua, dans les transports de sa rage, sur la maison, la pilla, y mit le feu, et n'y laissa pas pierre sur pierre. Ayant eu la curiosité de m'y rendre, deux jours après, j'en ai vu les débris qui fumaient encore.

« Je n'avais plus rien qui me retînt à Paris, j'allai dans mon pays pour mettre ordre à mes affaires. Mes fonds que j'avais placés dans une bonne maison de commerce, avaient fructifié d'une manière extrêmement avantageuse, de sorte que je me trouvais libre, avec une fortune honnête pour un homme qui sait borner ses désirs, et dont l'ambition n'a pas tourné la tête.

« Dès que mes affaires furent arrangées, je m'occupai des moyens de me réunir à vous. D'après ce que je vous avais entendu raconter de la situation de votre domaine, je m'orientai de façon à pouvoir m'y rendre. Je jugeais, avec raison, que je ne devais pas en être éloigné, et je me proposais de prendre des renseignements à cet égard, lorsque j'eus le bonheur de rencontrer l'aimable Maria, qui me reconnut, et m'annonça, par l'accueil qu'elle me fit, que ma présence ne vous serait point désagréable. »

CHAPITRE XXIV.

Dormond n'eut pas plutôt terminé

son récit, que je me levai et lui réité-
rai, en le serrant dans mes bras,
l'assurance de la satisfaction que nous
éprouvions tous de nous voir réunis
pour ne plus nous séparer.

Il y avait à vendre, dans les environs du canton que j'habitais, une
terre charmante et d'un produit avan-
tageux : elle me paraissait d'autant
mieux convenir à Dormond, qu'elle
avoisinait la mienne, et que nos possessions se seraient, en quelque sorte,
trouvées réunies. Je lui proposai de
suite de faire acquisition de cette terre,
qui lui rapporterait moins, à la vérité, mais qui mettrait sa fortune à
l'abri de tout événement. Il goûta ma
proposition, dont il sentait tout l'avantage ; nous allâmes voir la terre, qui
lui convint, et le marché fut bientôt
conclu.

Il régnait entre Dormond et Maria
une intimité douce et pure, dont je ne
fus pas longtemps à m'apercevoir ; je
ne tardais point à être convaincu qu'ils
avaient de l'inclination l'un pour
l'autre ; et je fis part à mon fils

de cette découverte, qui me paraissait mériter une attention particulière : je lui dis qu'avant de prendre une détermination, il convenait de nous assurer des sentiments de Maria, et que s'ils étaient tels que je le présumais, je ne voyais aucun inconvénient à craindre de son mariage avec Dormond.

Nous la prîmes en particulier dès le jour même, et nous lui avouâmes franchement et sans détour le projet que nous avions en vue ; elle rougit d'abord, et fut embarrassée, mais, revenue du premier trouble où notre discours l'avait jetée, elle nous répondit avec la même franchise que, loin de sentir de la répugnance à donner sa main à Dormond, le jour où elle se verrait unie à son sort deviendrait un des plus beaux de sa vie. Elle convint également que, sans pouvoir définir ce qui s'était passé en elle dès les premiers moments de notre captivité, elle avait senti dans son cœur un penchant secret pour lui, dont elle n'avait pu se rendre compte, et dont elle ne parvint à connaître la cause qu'après avoir appris que c'était à sa générosité seule qu'elle avait dû la conservation de sa vie, qu'il était chargé de lui ravir.

Satisfait de cette réponse, qui mettait le comble à nos vœux, en nous laissant les maîtres de suivre les mouvements de notre reconnaissance, nous embrassâmes Maria, en l'assurant que nous allions nous occuper sans délai de son bonheur, et qu'il ne tiendrait pas à nous qu'il ne fût bientôt réalisé. Mon fils désirait d'autant plus terminer cette affaire qu'après sa fille et moi, il n'avait personne au monde de plus cher que Dormond. La reconnaissance nous prescrivait de ne pas attendre qu'il nous demandât la main de Maria, démarche que peut-être il n'eût pas osé faire, et nous crûmes devoir laisser de côté les convenances reçues, pour payer la dette la plus sacrée qui ait été contractée jamais.

Il n'était pas difficile de faire naître une occasion pour découvrir nos projets à Dormond; et l'ayant pris à part après le diner, je lui dis, que m'étant aperçu que Maria ne lui était pas indifférente, nous nous estimerions trop heureux, mon fils et moi, que sa main pût nous acquitter en partie de tout ce que nous lui devions. Il eût à peine entendu ma proposition, que le plaisir le plus vif éclata dans ses yeux; puis, tout à coup, il devint sombre et rêveur; sa langue se glaça dans sa bouche, et tout son extérieur semblait annoncer qu'il se passait en lui quelque chose de bien extraordinaire. Je ne savais comment interpréter cette contrariété de sentiments, lorsque rompant enfin le silence : « Je sens, nous dit-il, le prix de tout ce que vous daignez faire en ma faveur ; mais l'honneur me prescrit de vous refuser : je ne suis pas digne de votre alliance. Je ne vois rien au-dessus de la main de l'adorable Maria, et tel est mon malheur, qu'il m'est défendu d'y prétendre. Ma naissance.... Je ne lui en laissai pas dire davantage , mais le serrant dans mes bras :« Vous nous connaissez mal, lui répondis-je, si vous nous croyez capables de tenir à cette chimère, quand il s'agit du bonheur de l'homme à qui nous sommes tous redevables de la vie. Mon fils tient à l'honneur de vous nommer mon gendre, et je n'ai plus qu'un seul vœu à former; c'est de vous voir, avant de mourir, l'époux de ma petite-fille. »

A ces mots, des larmes s'échappèrent de ses yeux, et nous serrant les mains, qu'il prit dans les siennes : La récompense que vous m'offrez, reprit-il, est bien au-dessus du faible service que je vous ai rendu, mais je dois au sentiment noble et pur qui vous conduit de l'accepter. Je ne le cacherai pas, j'aime, c'est trop peu dire, j'adore Maria, et je l'adore au-delà de tout ce que je puis exprimer. Je l'ai aimée dès le premier jour où je l'ai vue, et je conserverai jusqu'à la mort le sentiment profond dont je suis pénétré. J'accepte votre offre, mais à une condition, c'est de ne point la contraindre; quelle que soit ma tendresse pour elle, j'aimerais mieux, oui, j'aimerais mieux me condamner à mourir, plutôt que de la forcer... — Rassurez-vous, mon ami, elle vient de nous en faire l'aveu, un penchant réciproque vous unit, et nous serions des barbares, s'il pouvait entrer seulement dans notre pensée de nous y opposer. Courez chercher Maria, racontez lui ce qui vient de se passer entre nous... Au surplus, je n'ai pas besoin de vous faire votre leçon. »

Il sortit, et revint un moment après avec elle, il ne leur était pas possible de parler; mais combien leur silence était éloquent! Ils tombèrent tous deux à genoux, prirent nos mains qu'ils couvrirent de baisers et de larmes. Nous nous empressâmes de les relever, et dès ce moment, nous ne nous occupâmes plus que des moyens de hâter leur union.

Dormond eut besoin de faire un voyage à Paris, tant pour mettre ses papiers en règle, que pour faire quelques emplettes relatives à son mariage; j'y avais besoin moi-même pour le même objet : il en coûtait à Maria de

nous voir partir, et pour mettre tout
le monde d'accord, je proposai d'y
aller passer une quinzaine de jours.
Nous emmenâmes jusqu'à madame de
Ponty, qui n'ayant jamais été dans
cette capitale, ne fut pas fâchée de la
connaître. Je profitai de cette circonstance pour y faire dresser le contrat
de mariage de Dormond et de Maria,
par un des plus habiles notaires, et je
déterminai mon fils à nous y accompagner, malgré la répugnance qu'il
témoignait pour ce voyage. Sa santé
délicate, et elle l'était en effet, lui servit
d'abord de prétexte pour se refuser à
nos désirs, mais je devinai sans peine
que le souvenir du passé était le seul
motif de son refus, et je n'aurais pas
insisté, si sa présence ne nous eût pas
été en quelque sorte nécessaire pour
la signature du contrat.

Il y avait déjà quelques jours que
nous étions à Paris, lorsque Dormond
eut occasion de voir le banquier qui
lui fournissait les fonds que la mère de
Maria lui faisait passer pendant notre

détention : il lui demanda ce que nous étions devenus ; et sur l'assurance qu'il lui donna que nous étions actuellement à Paris, et que nous demeurions ensemble, il lui remit une lettre à mon adresse, qui lui était parvenue par la voie d'un de ses correspondants de Gênes. Dormond me l'apporta ; je l'ouvris avec une curiosité mêlée d'un mouvement d'inquiétude, et j'y lus ces mots :

« Monsieur le Baron, une éternelle barrière s'est élevée entre Maria et moi, le destin ennemi m'en a séparée sans doute pour toujours ; mais je ne la porte pas moins dans mon cœur ; je ne l'ai point oubliée, je ne l'oublierai jamais. Vous trouverez ci-incluse une lettre de change de dix mille ducats que je vous fais passer pour lui servir de dot. Je vous charge du soin de la pourvoir ; je suis tranquille sur son sort : elle doit vous être chère à plus d'un titre, je n'ai pas besoin de vous en dire davantage.

« Vous trouverez pareillement ci-incluse une seconde lettre de change

de mille ducats, que je vous prie
de faire tenir à madame de Ponty,
comme une légère marque de ma reconnaissance des soins qu'elle a pris
de l'enfance de Maria; si j'étais plus
riche, je serais plus généreuse; mais
c'est le denier de la veuve. Je la recommande à votre sollicitude.

« Adieu, monsieur le baron, ne
vous séparez jamais de Maria, j'ose
vous en faire une loi. Tant que je la
saurai près de vous, je me croirai
moins malheureuse. »   M. F.

Cette lettre renfermait en outre un
billet pour Maria, ainsi conçu :

« Ma chère Maria, ma bien-aimée,
je n'ai joui qu'une seule fois du
bonheur de vous presser sur mon
sein, ce sera la seule sans doute, et
cette idée afflige mon cœur. Souvenez-
vous d'une mère tendre qui ne vit que
pour vous aimer. Je vous demande
votre portrait et une tresse de vos
cheveux; vous pourrez les confier à la
personne par le moyen de laquelle ce
billet vous sera remis; le tout me par-
viendra sûrement. Adieu, ma chère

fille ; cet écrit a été mouillé de mes larmes : recevez mon dernier baiser.»

M. F.

Maria s'empara de ce billet, et le porta respectueusement à sa bouche, en l'inondant à son tour de ses pleurs, qui coulaient avec abondance. Ce spectacle touchant fit l'impression la plus profonde sur mon malheureux fils ; elle lui rappela des souvenirs bien doux et bien cruels. Nous partageâmes tous son émotion et le sentiment qui affectait son âme.

Il fallait songer à remplir les intentions de la mère de Maria, et je m'en occupai dès le lendemain. J'allais trouver un peintre célèbre dont on me donna l'adresse et avec lequel je m'arrangeai : dès le jour même, il commença le portrait de Maria, et le termina dans un assez petit nombre de séances : il était d'une ressemblance frappante et d'un fini précieux.

Je reçus du banquier, chargé de les payer, la valeur des onze mille ducats, montant des deux lettres de change qui m'avaient été remises.

Madame de Ponty pria Dormond de garder la somme qui lui était destinée

J'écrivis à la mère de Maria, pour la remercier de ce qu'elle avait bien voulu faire en sa faveur, et je lui fis part en même temps de l'établissement que j'avais projeté pour elle, avant d'avoir eu connaissance de ses intentions et des motifs qui m'avaient engagé à faire son mariage.

CHAPITRE XXV ET DERNIER.

Nous avions terminé toutes les affaires qui nécessitaient son séjour à Paris, et nous reprîmes le chemin de la Barre, au grand contentement de mon fils. Peu de temps après notre arrivée, Dormond et Maria furent unis. Dormond régissait tous nos biens, qui étaient en commun, avec une économie digne des plus grands éloges. Quant à moi, je sentais diminuer, de jour en jour, le poids de mes années, j'en étais venu presqu'au point de pardonner aux méchants en faveur des bons. Il n'y avait que mon malheureux fils qui ne partageait pas notre félicité. L'état de langueur où je le voyais, et le dépérissement de sa santé, qui s'affaiblissait à vue d'œil, n'échappaient point à ma sollicitude : j'étais véritablement inquiet sur son état.

Le bonheur de notre société s'augmenta par la grossesse de Maria : ce fut un sujet de joie pour toute la maison, et mon fils parut la partager; ses forces même semblèrent se ranimer pendant quelque temps, Madame de Ponty, qui lui était attachée et qui avait obtenu sa confiance, ne le quittait pas et lui tenait fidèle compagnie.

Elle vint me trouver un matin de bonne heure ; ses traits altérés me causèrent une assez vive émotion, dont elle s'aperçut. « Je viens vous affliger, me dit-elle en entrant, mais, monsieur, vous êtes philosophe; il faut appeler la raison à votre secours. Je ne puis pas vous cacher la vérité, votre fils n'a pas un jour à vivre; son état ne laisse aucune espérance. Il demande à vous parler, et je m'empresse de remplir ses intentions, en vous prévenant; mais il me semble que la situation de sa fille exige qu'on prenne les plus grandes précautions pour lui apprendre cette malheureuse nouvelle. »

Je me rendis aussitôt dans l'appartement de mon fils, qu'effectivement je trouvai dans un état de faiblesse qui me fit frémir; il y avait à peine douze heures que je l'avais quitté, et il n'était déjà plus reconnaissable. Il me pria de m'asseoir auprès de son lit; et me prenant par la main, il me dit d'un air calme et serein : « Je touche à mon dernier moment; le ciel, dont j'adore la justice, me retire du monde à l'instant où je pouvais jouir du bonheur auquel j'ai toujours aspiré; mais il me reste une consolation, c'est de pouvoir mourir entre vos bras, c'est de vous savoir heureux et à l'abri des persécutions qui ont si longtemps pesé sur vos jours. Je n'ai qu'un seul regret en mourant, c'est d'avoir été la cause des longs malheurs que vous avez éprouvés. Pardonnez-moi, mon père, d'avoir empoisonné vos jours, dont je devais faire le bonheur. Je vous recommande ma fille ; elle vous est chère, elle a des droits à votre tendresse. De grâce, ne maudissez point ma mémoire ; dites que vous me pardonnez : cette consolation, la dernière qu'il soit en votre pouvoir de me donner, me rendra moins amer le moment de notre séparation. »

En prononçant ces mot, il me prit les mains, qu'il parvint à porter jusqu'à ses lèvres brûlantes, et qui furent mouillées de ses larmes. Les sanglots étouffaient ma voix ; je le serrai tendrement dans mes bras ; il vit combien j'étais affecté de sa situation, et se hâta d'ajouter : « Je vois que vous me pardonnez, mon père, et je meurs satisfait. » Je redoublai les témoignages de ma tendresse : « Ah ! mon fils, lui dis-je, jugez mieux de mon cœur ; moi, vous en vouloir ! moi, maudire votre mémoire ! Non, jamais : que ne m'est-il permis en ce moment cruel de donner ma vie pour vous ? j'en ferais volontiers le sacrifice. » Je parlai encore lorsque Maria et son époux entrèrent dans la chambre : Maria se précipita sur le lit de son père, et l'embrassa tendrement, tandis que Dormond lui serrait la main. Après ce premier mouvement, mon fils, s'adressant à Maria : « Cessez, lui dit-il, cessez de vous affliger, ma chère enfant ; vous devez à vous-même, à votre époux, au fruit que vous portez dans votre sein, de modérer l'excès de votre douleur. Je vais mourir, il est vrai ; mais je vous laisse entre les bras de votre respectable aïeul, qui vous avait adoptée avant de vous connaître ; vous restez avec un époux digne de votre tendresse, à qui vous devez la vie, et sans lequel votre malheureux père n'aurait pas la consolation de vous serrer en ce moment entre ses bras. Ne pleurez point ma mort ; elle est le terme de mes longues souffrances ; mais pleurez votre naissance, elle a coûté bien des maux à votre famille. Je suis le moins malheureux, puisque je mourrai prés de vous, mais votre mère est bien plus infortunée : vous ne remplirez jamais par votre amour, le vide affreux que votre éloignement laisse dans son cœur...Adieu!... Je sens que je m'affaiblis..... Mes yeux éteints vous distinguent à peine... Je vous quitte... mais mon cœur reste avec vous.....

Il expira dans nos bras, sans efforts, sans douleurs, sans aucune espèce d'agonie, sa mort fut aussi douce que sa vie avait été orageuse. Il fallut employer la force pour arracher Maria d'auprès de son lit. Je ne voulus pas qu'un fils, qui m'avait été si cher, fût séparé de nous. J'obtins la permission de déposer sa dépouille mortelle dans mon île, où je lui fis élever un tombeau.

Peu de temps après la perte cruelle que nous fîmes, Maria donna le jour à un fils, près duquel elle voulut remplir, dans toute leur étendue, les devoirs d'une bonne mère : elle le nourrit de son lait, et ne voulut pas qu'un enfant aussi précieux fût confié à des mains mercenaires. Cette douce occupation fit diversion à sa douleur, et ne laissa pas que de contribuer à calmer la nôtre. Cet enfant chéri était l'objet de nos soins et de notre sollicitude; il nous occupait tous, et sa naissance avait été un baume consolateur versé sur nos plaies.

Je reçus à cette époque une nouvelle lettre de la mère de Maria : elle était renfermée dans un écrin qui contenait pour environ deux mille écus de ses propres diamants; elle marquait dans cette lettre qu'elle approuvait tous les arrangements que j'avais pris pour l'établissement de sa fille; qu'elle connaissait Dormond, et qu'elle ne pouvait qu'applaudir à mon choix : elle me recommandait de nouveau de conserver à Maria ma tendresse et mes conseils, et finissait en me priant de lui faire part de temps en temps de la situation dans laquelle nous nous trouverions, persuadés, comme nous devions l'être, de l'intérêt qu'elle ne cesserait jamais de prendre à nous.

Dans cette lettre en était une autre pour Maria. Après l'avoir félicitée sur son mariage, elle lui donnait les avis les plus sages sur la manière de se conduire, et lui recommandait, si elle voulait vivre heureuse, de ne jamais oublier ce qu'elle se devait à elle-même et aux autres. Je lui fis part dans ma réponse de la perte que nous venions de faire, ainsi que de la naissance de l'enfant auquel Maria avait donné le jour et que nous avions nommé Fortuné, dans l'espoir qu'il remplirait la destinée que lui promettait son nom. J'ai payé cher le repos dont enfin je jouis : j'ai souffert pendant plus de quinzes années dans mon honneur, dans mes biens, dans les plus douces affections de mon âme : proscription, déni de justice, captivité, j'ai tout éprouvé, tout supporté, tout surmonté.

Je vois avec tranquilité le flambeau de mes jours s'avancer vers son declin; j'ai marqué ma place près celle de mon fils, et j'attends, sans le desirer ni le craindre, le moment qui nous reunira.

FIN DU TOME TROISIÈME ET DERNIER.